투신 반대

연희림

투
신
반대

모든 정신질환 환자가 자신의 신체를 지키길

- 목차 -

투신 반대에 들어가기 앞서서

나는 투신에 강하게 반대한다.

20□□년 □월 9일 나는 수원역의 한
육교에서 투신했다.

그리고 20□□년 □월 24일 오늘, 나는
아직도 병원 침대에 누워있다.

이글은 큰 부상을 입은 본인이 회복 중에
쓰는 글로, 사실과는 왜곡이 있을 수 있다.

그리고 나는 의료인이 아니다.

이 책은 투신을 반대하는 글뿐만 아니라
회복의 과정, 투신 후기 등을 담고 있다.

수원역 인근 육교서  추락...경찰 수사 중

기사원문

※ 실제 투신 후 실린 기사

사라진 기억

투신 당시 기억은, 뛰어내리기 직전 육교의
울타리 바깥쪽에 건너가 자리를 잡고,
뛰어내리기 직전의 바람만이 흐릿하게 난다.

공중에서의 기억이나, 바닥에 떨어진 모습,
구급차에 오른 것은 전혀 기억나질 않는다.
정신 차리니 응급실이었고, 나의 부상은 양쪽
팔꿈치, 오른쪽 손목, 골반, 오른쪽 턱뼈,
오른쪽 광대뼈, 오른쪽 갈비뼈 한대였다.
(모두 골절상이다)

※ 실제 겨우 정신이 든 후 찍은 병실
치아도 4~6개 정도 부러져 반쪽만 남은
곳이 많았다. 맞다. 조금의 뇌출혈도 있었다.
다행히 심하지 않아 약물로 관리 중이다.

투신 반대의 또 하나의 이유

기저귀를 차고 소변줄을 꽂는 건 기본이다.
신생아 수준이 된다. 간병해 주시는 분에게
미치게 죄송하고 감사할 것이다. 동시에,
수치스러움도 그만큼 생길 것이다.

유동식으로 조금밖에 못 먹더니 안 그래도
심한 변비가 극도로 악화됐다. 그럼,
관장약을 넣게 되는데 모르는 사람이
관장약을 넣어주는 건 수치도 아니다.

그 후에, 화장실에서 변을 볼 수 있는 것도
아니다. 입원 중인 나는 옆으로 돌기도 힘든,
걸을 수도, 일어설 수도 없는 사람이다.

기저귀를 찼다는 것은…. 자리에서 모든 걸
해야 한다는 뜻이다. 쉽지도 않게 변을 다
봤다면 간병인(엄마)이 치워주셔야 한다….

죄인이 따로 없다. 안 그래도 나 때문에
불편한 생활도 하고 걱정을 극도로 끼친
상태인데 이런 것까지 부탁드려야 하는
것이다…. 정말이지 투신은 해서는 안 된다.

20대에 욕창과의 싸움 시작

나는 처음엔 중환자실에 있었다.

중환자실에서는 핸드폰도 할 수 없었고
빌려주는 태블릿 pc로 영상만 봐서 그런지
날짜 감각이 전혀 없었다.

추석을 인지도 못 한 채 지나쳤다. 그저
공휴일이 너무 많아 수술도 밀리고 의사
선생님의 회진도 없어 짜증만 났다.
명절이라고는 생각도 못 했다.

그러던 와중 욕창 문제가 생겼다.

다른 골절 부위는 몰라도 골반만큼은 크게
다쳐서 수술 전부터 움직이면 고통이 몰려와
움직일 수 없었다. 문제는 사람이 한 자세로
오래 있으면 욕창이라는 것이 생긴다는
것이다. 그래서 욕창 방지 매트와 욕창 방지
보호대, 도움을 받아 양옆으로 눕기 등등
노력을 해야 했다.

지금까지도 거의 움직일 수 없기 때문에
욕창이 올라오지 않도록 신경 써야 한다.

수치심 vs 고통

중환자실에서 엄마와 함께 있는
일반환자실로 옮겨졌다. 가족과 같이 있어서
조금 더 편해졌다.

같이 있으면서 엄마가 내 아랫도리 청결을
챙겨주셨다. 정말이지 앞 페이지에서
말했듯이 성인 뇌에 신생아 몸이 따로
없었다.

하지만 고통이 너무 심해 수치심은 날아가
버린 지 오래다.

생살에 바느질

정신없이 하루하루를 빼앗겨나가던 중,
오른쪽 턱에 찢어진 부분이 있었는지, 그곳을
의식이 있는 상태에서 한땀 한땀 꿰맸던 것
같다.

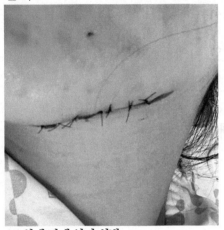

※ 실제 턱에 있던 실밥

이후에 실밥도 의식이 있을 때 빼냈던 기억이
있다. 썩 유쾌하지 못한 경험이었다.

그곳의 흉터는 지금도 턱을 살짝 들면
보인다. 그리고 만져보면 흉터의 찢어진
부분을 전부 느낄 수 있다. 그뿐만 아니라
꿰맨 곳은 조금 있던 지방이 사라졌고 흉터와
근처 1mm 근방은 질긴 느낌이 난다.

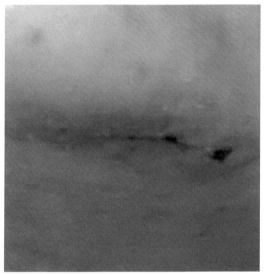

※ 실제 턱에 남은 흉터

골반 수술은 죽음이다.

또 하루하루가 지나고 이틀간 연속 수술을
앞두고 있었다. 둘 다 수면마취에 골절
수술이었다. 첫날은 골반, 둘째 날은 안면
수술이었다.

그렇게 골반 수술에 들어갔는데, 의사
선생님께서 아플 것이라고 하셨던 게
머릿속에서 맴돌았다. 다른 사람도 아니고
의료인이 아프다고 한다면… 그건 정말
아픈 것이다. 웬만한 고통은 고통 취급도 안
해주는 이들이기 때문이다.

마취를 빠르게 진행하고 잠에 들었다. 그리고
정신을 차렸을 때는 서러움도 두려움도
놀람도 포함되지 않고 100% 순수 고통에
휩싸여 눈물을 뿜었다. 단지 고통만으로
눈물을 흘린 건 20여 년 전이 마지막일
것이다. 그런데 다 큰 성인이 되어 단지
'아프다.'라는 이유만으로 울다니. 얼마나 큰
고통이었는지 다시 상상해 봐도 그때만큼의
심정은 느껴지지 않는다. 단지 너무 너무나
아팠다는 것만이 뇌에 박혀있다.

되살아나다. 부활 그 자체

골반 수술을 마친 후 엄청난 갈증과 통증을
안고 일반환자실이 아닌 중환자실로 향했다.

사고 전부터 있던 저혈압이 문제가
된 것이다. 혈압이 정상 수치로 계속
돌아오지 않자, 일반환자실로 갈 수 없다고
판단하셨다. 그래서 나는 나만을 담당하는
간호사 선생님이 계신 그곳으로 향했다.

그곳에서 나는, 처음으로 다신 자살 시도,
자해를 하지않을 것이라고 간호사분께
외쳤다. 진심이 담긴 발언이었다. 너무나
고통이 컸기 때문에…

그날은 혈압이 너무 낮아 무통 주사도 맞지
못하고 평소에 먹는 마약성 진통제로 버텼다.
고통에 시달리다 새벽 세 시가 넘어서야 잠을
잤다. 전날 잠을 6시간?도 채 자지 못했는데
말이다.

다음날은 일어나 보니 고통이 많이 줄어서
중환자실에 맨정신으로 있으려니 민망했다.
오토바이 사고가 나서 의식을 잃고 온
할아버지와 끊임없이 고통의 신음을

뱉어내는 아저씨들과 같이 있었더니 더
민망했다.

하지만 고개만 돌려도 어지러움이 몰려올
정도로 저혈압이 심했다. 그래도 그날 혈압을
올리는 약을 맞고 일반환자실로 갈 수
있었다.

대신 원래 다음날 받기로 한 안면 수술은
그다음 주로 밀렸다. 인력이 없을뿐더러 내
몸이 수술할 수 있는 몸이 아니었다.

되살아나다. 부활 그 자체

옆구리에서 폐까지 구멍을 뚫다.

골반 수술로 인한 출혈 때문에 수혈받은
이후로 왼쪽 폐에 물이 차서 옆구리에 구멍을
뚫고 관을 꽂아서 물을 빼는 시술을 했다.

시술일 뿐인데도 굉장히 고통스러웠다. 왼쪽
옆구리를 드러내는 과정도 수치스러웠는데,
그곳에 차디찬 소독솜을 바르는 것도,
제정신에 생살에 구멍을 내서 그 안을 쑤시는
것도 너무 싫었다. 마치 왼쪽 갈비뼈에
손가락을 넣고 휘적대는 느낌이었다.

시술이 끝난 뒤에도 숨 쉴 때마다 고통이
느껴졌다.

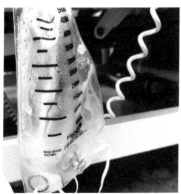

※ 실제 폐에 차 있던 물을 빼놓은 팩

관장. 수치와 고통의 시간

다시 수치스러운 시간이 왔다.

관장약을 넣는 시간이 온 것이다.

적응되지 않는 관장약 삽입을 방금 마쳤다.
관장약을 넣는데도 수치스럽지만, 넣은 후에
느낌도, 배출할 때까지 기다리는 것도, 배출
후에 그것을 치우는 것을 느끼는 것도 큰
고통이다.

그래도 시간이 좀 지나 관장을 안 하게
되어서 아주 다행스럽다,

안면 수술이 닥쳐오다. 그리고 재활

다시 엄마와 병실에 있을 때가 되니, 아픈 골반의 재활을 이유로 이리저리 움직여야 했다.

그러고 보니 수술이 당장 내일로 닥친 것을 깨달았다.

그간 엑스레이나 CT 촬영하며 침대에서 침대로 옮겨 다니느라 고생한 것은 이렇게 잠깐 언급하고 말 정도다.

그만큼 이틀 전 수술을 마친 골반을 움직이는 것은 고통 그 자체였다.

항생제 알레르기 검사의 고통

또 다른 고통인 항생제 알레르기 검사를
마쳤다.

전에 수술할 때 검사를 잘 마쳤어도,
수술하기 전마다 다시 진행해야 했다.

항생제 알레르기 검사는 이렇게 진행된다.
주사로 항생제를 어깨 안쪽에 놓아 15분 뒤
피부 상태를 확인하는 방식이다.

난 이번이 두 번째였는데 아직도 주사로
주입하는 항생제가 전혀 익숙하지 않고 고통
그 자체였다. 찌릿한 그 느낌이 정말 소름
끼친다.

안면 수술 직전의 상태

일반환자실에서 다시 맞은 아침. 눈을 뜬 지
몇 시간이 지나서야 글을 쓰기 시작했ㅍㅍ다.

사유는 진통제 약발 떨어짐… 너무 아파서
이제야 타자를 칠 수 있게 되었다.

수술이 자꾸 늦어진다. 어제부터 물까지
금식하느라 목이 점점 마르는데…

온몸이 아프다. 얼른 마취하고 잠들고 싶은
마음이다. 고통에 질린다.

오늘은 턱뼈, 광대뼈 골절 수술…

골반보단 덜 아플 걸 알면서도 두렵다.
이번이 태어나서 첫 수술 경험이었다 보니
미성년자도 아님에도 겁이 많다.

드디어 수술의 끝!

마지막 수술이 끝났다.

다행히도 골반 수술 후에 비하면 거의 아프지 않다. 이번에는 무통 주사를 맞은 덕도 있다.

저혈압이 심하지 않아서 어찌나 감사한지…!

오른쪽 얼굴에 거즈를 덕지덕지 붙여놨다. 그럼에도 오른쪽 관자놀이에선 피가 흘러내렸다. 눈에는 핏물이 고였다.

※ 핏물이 고인 눈. 혐오스럽다.

정신없이 수술실에서 병동으로 이동하고 보니 마취가 덜 풀렸는지 말을 많이 했다. 정신을 차린 지금은 입술이 아파 말을 아끼고 있다.

그리고 수술 후의 일

점점 통증이 밀려온다. 턱에서 압력이
느껴진다. 눈에 고인 핏물은 자꾸 나오고
치아도 아파온다.

붓기를 조금이라도 줄이기 위해 얼음팩을
대고 있는데, 병원에 있을수록 얼음팩을
오래 버티게 된다. 사고 전에는 얼음은 너무
차갑게 느껴져 금방 떼어내곤 했는데, 사고
후에는 이런 건 통증 같지도 않은 지 몇
시간을 대어도 시원하기만 하다.

나중에 말하겠지만, 온 잇몸에 실밥이
들어섰다. 또 나사도 6개나 박혔다. 그리고
입을 못 벌리게 고무줄을 위아래로 연결해
놨다. 그래서 유동식을 몇 주 더 먹게 되었다.
정말… 끔찍하다.

12개의 약

처방전을 보니 약의 종류가 12개였다. 가벼운
성분인 유산균부터 조울증 치료제, 수술
부위에 넣어야 하는 안약, 안연고, 항우울제
몇 개, 수면제, 마지막으로 가장 필요 한,
없으면 지옥으로 향할, 필수 의약품인
진통제들이 있다. 비마약성 진통제부터
마약성 진통제까지 매일 세 번은 먹는다.

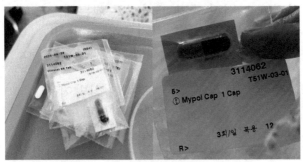

※ 실제 처방받은 1회치 약, 마약성 진통제

이 약들로도 부족해 여러 주사도 맞아야
한다. 며칠 전까지는 수액을 24시간 넣었다.
그 외에도 혈전 주사, 진통제 주사, 뇌출혈
약물 등 쉴 만하면 맞아댔다. 왼쪽 팔 안쪽에
여러 번 수시로 주입할 수 있는 주삿바늘을
드디어 심어놓자, 주삿바늘로 찌르는 고통은
잠시 멎었다. 비록 지금은 뽑아버려 누리지
못하지만, 좋은 의료 기술이었다.

병원식에 의한 혀의 고통

앞으로 걱정되는 것. 바로 식사다.

최대 한 달은 유동식밖에 먹을 수 없다. 병원
유동식은 정말 한약만큼이나 먹기 싫고,
어쩌면 한약보다 더하다. 그리고 영양가도
없어 보인다.

맛없는 음식만을 매일 먹는 것은 정말
고문이다. 고작 흰죽에 소금인데 왜 이리
이상한 맛이 나는지…. 쌀로 된 게 맞는지는
싶다.

그래도 다음 주에 퇴원하면 다른 병원 밥을
먹을 수 있으니 조금 더 힘내 본다.

주도적인 삶의 다짐

앞으로는 죽고 싶다는 말. 정말 적게 할 것
같다.

죽는 것이 얼마나 큰 고통인지 알아버려서
그전에도 쉽게 뱉은 말은 아니었지만,
진심이 꽉꽉 넘쳐서 흐르고 흐를 때야 한 번
뱉어낼까 말까 고민해보겠다.

아니면 이제 사는 게 행복한 삶을 살겠다.
이젠 주도적이고 열정적인 삶을 원한다.
그리고 실천하겠다.

얼굴 뼈를 입안에서 붙이다.

다시 수술 후 통증으로 돌아와서, 입안도
아프기 시작했다.

이제서야 알았는데 앞쪽 아랫니 밑 잇몸을 다
꿰매 놓으셨다.

전혀 몰랐다가 과일주스를 마셨다가 알았다.
따가운 입안… 괴롭다.

잇몸을 째서 얼굴 뼈에 핀을 박으신
모양이다. 흉터는 덜었다는 생각이 들었다.
음식에 제한이 생기겠지만 나중을 생각하니
그래도 입안으로 들어가 수술을 끝냈음에
감사했다.

일반환자실의 고충

하나 더 알려드릴 것이 있다. 중환자실에서
벗어나 일반환자실로 가게 되면 훨씬 옆
환자와 가까워지고 단지 얇디얇은 커튼 한
장으로만 분리가 된다.

중환자실과 다르게 서로 보지 못한다는
장점이 있지만 같은 방을 쓰게 된 이상 모든
소리를 들어야 한다. 아픔에 떠는 비명은
백번 이해하기에 너무도 괜찮다. 문제는
치매 환자…. 고집부리며 소리를 질러대기도
하는 건 기본. 지금 내 옆자리 분은 트림을
그렇게 크게 하시고 정말 많이 하신다.
진짜 곤욕이다. 병을 앓고 계시기 때문에
말씀드려도 전혀 들으실 수 없다. 그저 귀를
틀어막는 것이 최선이다….

샤워 금지

그리고 당신이 나만큼이나 다쳤다면 절대
씻을 수 없다. 환자용 샴푸가 존재는 하나
'씻었다'라는 개념과는 현저히 차이가 있다.
누운 상태에서 머리카락에 거품을 뿌리고
닦아내는 것뿐이다.

머리는 점점 감당할 수 없을 정도로 엉킬
것이고 두피는 점점 가려워져 올 것이다.
머리는 그냥…. 포기해야 할 것이다. 감당도
안 되고 해보려 해도 뭘 할 수가 없다. 엉키기
전에 잘 묶어 놓는 것이 최선이다.

온몸 구석구석이 가려워 올 것이고 하루 내내
그것만 해결하려 해도 결코 시원해짐까지는
도달하지 못한다.

당장 두피만 해도 가려움을 쫓을 수 없다.
그저 손으로 긁어대고 손 닦기를 반복하거나
얼음팩에 의지하는 수밖에 없다. 그것이
최선이다…. 긁고 싶은 의지를 참는다고 될
수준이 아니다. 짐승같이 욕구를 해결해 나갈
뿐이다….

구강 청결의 고생

다시 현재로 돌아와서, 나는 방금 핏물이
가득한 양치질을 끝내고 왔다.

얼굴 수술은 입안을 째고 들어가서 했으므로
입안이 난장판일 수밖에 없다. 하지만 구강
청소는 해야 했기에 따가울 것 같은 가글대신
칫솔을 택했다.

양치질 중에는 별 느낌 없었지만, 입안을
헹구자 진한 핏물이 쏟아져 내렸다. 그리고
윗잇몸에서 말랑하고 진득한 핏덩이가
나왔다. 이러다 치아가 싹 다 빠지는 것
아닌가? 하는 생각까지 들었다. 그래도
평소보다 입을 더 헹구고 물까지 많이
마시고 나니 피가 사라졌다. 정말 징그러운
경험이었다.

양치를 두 번이나 하고 나서야 양치는 하면
안 된다는 것을 알게 되었다.

기상 후의 고통

그리고 나선, 입안에 조금씩 남은 피의
맛을 느끼며, 해결하려야 해결할 수 없는
가려움증을 해소하려 얼음팩으로 낑낑대는
중이다. 이제 잠에 들어야 할 시간인데….

정신 차리니 다음 날 아침 6시 반이다. 역시나
다른 환자의 큰 소리로 깨었다. 일어나자마자
연속으로 들리는 트림 소리는 꼭 막은 귀마개
사이로도 들어왔다.

아침이 됐다고 해서 가려움이 물러가지는
못했다. 다 녹아버린 얼음팩을 새 걸로
바꾸고 나니 아주 조금 살 만했다.

그리고서 거울을 보니 얼굴에 붓기는 불쑥
올라와 있었고 수술한 쪽 눈은 뜨지 못했다.
범벅된 눈곱을 조심스레 겨우 제거하고
나서야 눈 구실을 조금 시작할 수 있었다.

재활 시작 전 마음 먹기

나는 다음 주나 그다음 주에 병원을 옮길
예정이다. 아직 다 낫지 못했지만, 수술이 다
끝났으니, 퇴원해야 하기 때문이다.

집 근처 병원에서 재활을 시작할 것 같다.
재활은 반년에서 일 년 정도 걸리지 않을까
싶다. 재활이 생각보다 엄청 힘들다는데 해낼
수 있을까 하는 생각에 무섭다.

수술 부위들 부기만 빼는데도 시간이 꽤
필요할 것이다. 지금도 얼굴 절반이 딱딱히
부어서 얼굴 2/3를 얼음팩으로 가려 놓았다.

교정의 추억, 입속의 고무줄

이렇게 점차 나아가는 것도 잠시, 내일까지
의사 선생님이 올 것을 두려워해야 한다.

이 글을 쓸 때는 몰랐는데, 잇몸에 나사 6개를
박았고 턱이 움직이지 못하게 고무줄로
고정해 주실 것이라 한다…. 그렇게 되면
입을 거의 벌리지 못하고 음식도 마시기가
가능한 것만 섭취할 수 있다. 말은 할 수
있을는지 걱정만 들 뿐이다….

나사의 행방불명

큰일이다. 잇몸에 있던 나사 하나가 갑자기
안 보인다고 한다. 그럼, 나사를 다시 박아야
한다는데…!

간호사 선생님 세 분이나 보고 가셨지만
찾지 못했다. 이따 의사 선생님을 만날 것이
두렵다. 맨정신에 나사를 박지 않을까 하는
생각을 하고 있어서 더 그런 것 같다….

처음 나사를 잇몸에 꽂아 본 적은 치아교정을
할 때였는데 그때 느꼈던 불쾌함과 고통이
정말 싫었다.

근데 그 짓을 치아교정이 다 끝난 지금,
온몸을 다친 지금, 얼굴에 핀을 박은 다음
날이라 입을 벌리기 힘겨운 지금 진행해야
한다니… 정말 끔찍하다.

다시, 병원식과의 싸움

이 병원 안에서 주는 것은 모두 맛이
뒤틀렸다.

삼시세끼 먹는 미음의 맛도…. 마실 것들의
맛도…. 정말 목구멍으로 넘겨내기 힘들다.

이 병원의 일반식은 맛있었던? 기억이
있는데, 유동식은…. 질리기도 전인
첫맛도 충격적이었던 기억이 있다.

마실 것도, 영양제다 보니 맛을 기대할 수
없고 그나마 마실만했던 주스도 2초에 한
번씩 트림하는 옆자리 치매 할머니 때문에
입맛이 다 떨어졌다. 너무 괴롭다.

안 그래도 박살 난 치아가 시려 찬물을
마시면 고통스러운데, 차고 단 음료는 그런
치아를 더 아프게 만든다. 그래서 퇴원하면,
다 나으면 먹고 싶은 음식 같은 것도 없다.
굳이 뽑자면 꼬들꼬들한 흰 쌀밥?

씻지도 못하는데 입맛이 돋는 것도 신기한
것이다. 유동식을 먹으면 먹을수록 양악
수술한 분들이 대단하게 느껴졌다.

이번에는 부기와의 싸움

부기를 빼는 일은 쉽지만, 꽤 오래 걸리기
때문에 조금 지친다.

그나마 얼굴은 많이 아프지 않고 붇기만 많이
부어서 얼음 팩 찜질을 바로 시작했지만.

골반 수술을 했을 때는 조금만 무엇이 닿아도
엄청난 고통이 밀려와 골반 부기는 시간이
해결하도록 뒀다. 그래서인지 일주일이 지난
지금도 붓기가 남아있다.

결과적으로는 얼굴 부기가 정말 오래가고
(특히 눈), 골반은 부었었는지도 모르게 금방
싹 빠졌다.

※ 실제 수술 후 눈의 상태

익숙해지지 않는 기상 방법

이른 아침에 눈을 뜨자마자 성형외과
선생님이 눈앞에 있었다.

정신을 채 차리기도 전에 잇몸 나사에
고무줄을 끼우시기 시작했다. 그 아픔에
비명이 나올 정도였다.

나는 위 나사와 아래 나사를 한데 묶어
이를 못 벌리게 하는 줄 알았는데, 묶는
것은 맞으나 이를 벌리는데 별 지장이 가지
않았다.

연결되어 있다는 것도 방금 거울을 보고
나서야 알았다.

그런데 오른쪽 앞에는 고무줄이 안 보인다.
거기가 나사가 없나 본데, 없어진 나사는
어떻게 되는 거지…? 다시 나사를 박자는
이야기도 없이 떠나셨다.

휠체어, 쾌락을 안겨주다.

늘 그렇듯이 아침 일찍 일어나, 엑스레이를
몇 번 찍고, 물 같은 미음을 두 번 먹고, 피가
섞인 가글을 서너 번 했다.

그런데 갑자기 소변줄을 빼고 휠체어를 타도
된다고 하셨다.

그래서 휠체어를 탈 수 있게 되었다.
그러면서 화장실에 갈 수 있게 되어
수치심도 이제 많이 덜겠구나 싶었다. 비록
휠체어를 혼자 움직이는 게 아니라 엄마가
끌어주시지만, 조금이나마 독립성을 얻은
느낌이다.

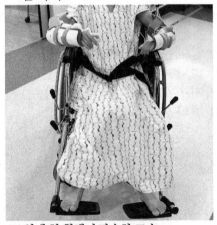

※ 실제 첫 휠체어 탑승한 모습

옮겨갈 동안 아주 잠시 부축받으며 서 있던 소감은 처음으로 걸음마를 시작한 아기가 된 느낌이었다. 중심을 잡기도, 체중을 받쳐줄 근육도 부족했다. 3주간 쭉 누워있던 탓에 근육이 다 빠졌나 보다.

아무튼 휠체어를 타니 기분이 너무 좋았다. 쾌락이 마구 솟구쳤다. 오랜만에 안경까지 쓰고 창문으로 바깥을 보니 기분이 최고였다. 이 일상을 내가 엎어버렸다가 되찾으니 너무 반갑기 그지없었다. 단지 침대가 있던 방을 벗어나 좁은 층을 돌아다녔다고 행복에 이르렀다.

휠체어, 쾌락을 안겨주다.

내 상태는 롤러코스터

두 번째로 휠체어를 탔다. 이번에는 손, 발
심지어 얼굴 하관까지 비누칠해서 씻어냈다.
샤워를 한 것처럼 개운했다. 클렌징폼을 20여
일 만에 써봤다. 병원에 입원하고 지금이
가장 행복한 것 같다.

손발톱을 정리해 주셨다. 이것만 했을 뿐인데
전신을 씻어낸 기분이 들었다.

그런데 그 행복도 잠시, 오래 앉아 있다
보니 수술했던 골반이 문제다. 수술 후 길게
철심으로 고정해 놓은 곳이 너무 아프다.

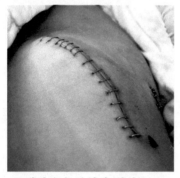

※ 실제 수술 부위의 철심

그뿐만 아니라 안면 수술할 때 칼을 댔던
오른쪽 눈이 말썽이다. 참을 수 없이 아려서

잠시 글 쓰는 것을 쉬고 안정을 취하고 왔다.

오른쪽 눈엔 실밥이 있는데 그게 자꾸 눈
속을 찌른다. 잠깐 이 한마디 쓰는데도 양쪽
손목이 쑤셔서 또 쉬고 왔다. 결국 오른쪽
눈을 거즈로 덮었다. 한결 낫다.

맨날 힘들어.

아침마다 쑤시고 힘이 안 들어가는 팔은
여전히 적응 안 된다.

화장실에 갈 때마다 일어서는 고통도
마찬가지다.

앉아서 타자치는 일이 이렇게 고통스러울
줄이야.

다음날 2시 반이 되어서야 겨우 노트북을
잡았다. 양쪽에 깁스하고 타자를 독수리
타법으로 치는 것은 땀을 뻘뻘 나게 한다.

침대를 꼿꼿이 세워 온전한 내 힘으로
누워있지 않은데도 힘이 든다.

사소하지만 날 힘들게 하는 것

여기에서 주는 가글이 딱 그렇다. 생전 처음
맛보는 맛에 혀가 미친 듯 아린다. 그래서 그
가글을 사용한 후엔 꼭 물이든 시판 가글이든
사용해서 입을 헹군다. 여기에서 입안을
수술한 이상 꼭 그 가글을 사용해야 할 것
같아 무조건 하루 서너 번은 입에 머금는다.
아. 양치질은 수술 후부터 금지 사항이다.
그나마 가글로 찝찝함을 달래고 있다.

손을 겨우 씻어 낸 후 깁스에 꼭 묻는 물도
그렇다. 축축하게 젖은 섬유질은 금방
마르지를 않는다. 축축한 채로 버텨내야
한다. 불쾌하다. 지금도 소매가 젖었는데
이건 휴지랑 수건으로 꼭꼭 눌러 물을 빼도
그대로다. 애초에 손 근육도 힘이 없어
제대로 하지 못한다.

그리고 지금도 느끼고 있는 오타의 남발이
있다. 어느 정도냐면 한 글자 칠 때마다
한 개에서 두 개, 많으면 세 개까지 오타가
나온다. 이걸 지우고 다시 쓰려면 제일
끝에 있는 지우기 버튼을 눌러야 하는데,
엄지손가락이 움직이는 것이 여간 힘든 일이
아니다. 휴대폰을 잡고 타자를 치는 것도

꽤 힘들다. 손목을 돌리고 있느라, 핸드폰을
지지하느라 힘이 들어가서 오래 하지 못한다.
이런 것들도 나를 힘들게 만든다.

이 병실은 환자 공간 분리를 얇디얇은
커튼으로 한다. 방음이 전혀 되지 않는단
뜻이다. 그리고 내 옆 칸에는 한국 나이로
90살이 된 할머니가 계신다. 치매 환자셔서
말이 거의 통하지 않는다. 그래서 시도
때도 없이 엄청 큰 트림 소리를 견뎌야
해서 귀마개와 이어폰은 필수다. 귀마개도
엄마와 소통도 해야 할 때 끼는 거라 소음을
완전히 막을 수는 없다. 그리고 밤에 소리를
지르시기도 한다. 간병인분도 고생이다 싶다.

잘 때 특히 이를 꽉 무는 습관이 예전부터
있었다. 그 습관이 턱 수술과 부러진
어금니를 가진 지금도 진행 중이다. 아침에
일어났을 때나 낮잠을 오래 자고 일어났을
때, 뜬금없는 순간에 어금니는 아파온다.
깨진 치아에서 오는 시림과는 다른 느낌이다.

감지 못하는 머리는 이제 익숙하지만,
두피의 가려움은 적응되지 않는다. 처음에는
머리카락은 별로 엉키지도 않았고,
생머리였다. 그러나 누워서 지낼수록 안
그래도 탈색모인 머리가 끝없이 엉키기
시작했고, 중환자실에 두 번째 방문했을 때는

사소하지만 날 힘들게 하는 것

머리 빗는 행위에 집착해서 뽑히고 끊긴
머리카락만 꽉 쥐어서 세 줌 정도 될 것이다.
그리고 그날 마지막 샴푸를 했다. 누운 채로
환자용 거품 샴푸로 진행하는 거라 머리를
감는다고 해서 찰랑거림은 기대할 것도 없다.
감는다기보단 닦는다는 표현이 더 알맞을
것 같다. 그리고 지금까지는 수술도 그렇고
누워있어야 하는 것도 그래서 머리를 양
갈래로 꽁꽁 덩어리지어 묶고 있다. 아마
다음 주에 퇴원하면 한번 머리를 감을 수
있을까 말까 할 것 같다.

수술한 오른쪽 눈꺼풀에 의한 안구 가려움도
나를 힘들게 한다. 안면 수술 직후에는 아래
눈꺼풀을 따라 바느질이 되어있는 것과
피눈물을 흘리는 것에 놀랐었는데, 머지않아
피도 멈추고 부기도 빠져 눈을 뜰 수 있게
되자 눈이 가려워서 고생이다. 괜찮다가도
고개를 조금만 돌리면 가려워질 때도 있다.
어떤 날은 눈을 뜰 수도 없기도 했다.

맛없는 미음은 나를 정말 불행하게 만든다.
그것은 높게 쳐봐야 밥풀 맛? 마치 이국적인
나라에 가서 매끼 현지식을 억지로 먹는
느낌이다. 덕분에 가끔 먹는 뻥튀기가
꿀맛이다. 언젠가 일반식을 먹게 되는 날이
오길…!

저린 손가락은 나아지는 것 같으면서도
나아지긴 하는 건가 싶다. 오른팔 수술
이후로 손가락이 하루 종일 저린다. 저린
정도는 좀 나아졌지만 정말 1초도 쉼 없이
저리다. 심지어 저림 방지약을 매일 몇 번씩
먹는데도 몇 달은 저릴 거란다. 타자를 칠
때마다 오른손이 고통이다. 이게 다 팔꿈치
뼈의 파편이 다른 곳에 가 있을 정도로
박살 났기 때문이다. 손가락이 저린 이유는
팔꿈치를 부딪쳤을 때 찌르르하게 손이 저린
것과 같은 이유다.

앉아 있는 것은 도전이다.

등을 대고 앉는 것부터 말하자면 침대를
세워서 등을 기댈 수도 있고 휠체어에 앉아
등을 기댈 수도 있다. 앉으면 안 그래도
아픈 꼬리뼈가 더 자극되는 것 같다. 그리고
엉덩이 피부도, 엉덩이도 체중에 꾹 눌려서
아프다. 그래서 앉아서 노트북을 할 때면
기록을 세우듯이 버티며 한다. 그 와중에
화장실이 가고 싶을 때를 생각해서 타이밍을
잘 맞춰 앉아야 한다.

등을 띄우고 앉는 것도 버팀이다. 그냥 이
몸으로 살아있는 게 버티는 것 같긴 하다.
잠깐 침대로 옮길 때 앉게 되는데 순전히 내
신체로 앉은 상태를 유지해야 하는 것이라

사소하지만 날 힘들게 하는 것

간단해 보이고 편해 보여도 실상은 굉장히
힘을 써야 유지할 수 있다.

다음은 촬영이다. 위에서 서술한 것에
비하면 별것도 아니지만 그 간단한 촬영을
하루에 몇 번씩 하다 보면 지친다. 일단
CT든 엑스레이든 간에 침대 통째로 옮겨
엘리베이터를 타고 촬영실까지 가야 한다.
촬영실 안까지 도착했다면, 촬영용 침대로
옮겨야 하는 경우도 있는데, 나는 거동 가능
범위가 매우 작으므로 촬영실에 있는 판이나
침대보를 가지고 들어 올려 촬영 준비를
마친다.

촬영 자체는 크게 힘들 것도 설명할 것도
없기에 넘어가겠다. 침대 위에서 그대로 등
뒤나 양옆으로 판을 대고 간단히 촬영하는
엑스레이 촬영도 있다. 그렇게 촬영을 마치면
다시 엘리베이터를 타고 병실로 돌아오면
된다. 아침 아주 일찍 촬영할 때도 있어 정말
피곤하다. 그렇지만 날 운반하는 다수의
사람(엄마 포함)이 더 힘들 것 같긴 하다.

할 수 없던 / 할 수 없는 일

몸을 옆으로 누이는 것이 입원
초기에 불가능했다. 정신도 잃었다가
중환자실에서야 깨어났는데 일어나니 양팔
깁스에, 붕대에…. 놀라지도 않을 만큼
정신없던 기억이 있다. 그땐 골반이 으스러져
움직이지 못하게 했다. 골반을 수술한지 좀
되어서야 움직일 수 있게 되었다. 덕분에
욕창 걱정도 한결 덜었다.

다리를 굽히고 올리는 것도 골반을 움직일
수 있을 때 가능하게 되었다. 골반 수술
당일에는 무릎관절과 발목관절이 너무
아파서 움직일 엄두도 못 내었다. 그날은
고통 때문에 수면제 두 번 먹고도 새벽
세 시가 넘어서야 겨우 잠들었다. 다리를
움직이기 전에는 혼자 침대에서 베개가 있는
위로 올라가는 것도 불가능해 몸을 끌어올려
주셨다. 이제서야 침대에서 자유롭게 자리를
옮길 수 있다.

물을 마시다가 사레가 들렸을 때도 기침하지
못하던 때가 있었다. 처음에는 온몸이 아파서
하지 못했고 나중에 골반 수술이 끝난 뒤에는
숨만 쉬어도 골반이 너무 아파와서 기침은

상상도 못 했다. 지금에서야 약간의 기침이
가능하다. 의사 선생님께서 이물질 배출을
위해 기침을 해줘야 한다고는 하셨지만,
신경 쓸 것이 너무 많아 자주 하지는 못한다.
기침을 하려면 오른쪽 골반 수술 부위에
힘이 들어갈 것을 각오하고 해야 하는 이유도
있다.

크게 숨을 들이마시지 못하던 때가 두
번 있었다. 골반 수술 당일, 혈중 산소
농도가 낮아 산소 호흡기를 찼을 때다.
골반 수술은 분명 골반만 수술 부위였음이
틀림없는데 연결된 양다리는 물론이고
전신이 아팠다. 그래서 숨만 쉬어도 아파서
숨을 크게 들이마시는 건 시늉도 못 했다.
산소 호흡기를 찼을 때는, 코에 쉴 틈 없이
뿜어 나오는 산소 때문에 숨을 조금이라도
들이마시려면 숨이 차왔다. 그래서 아주
얕게 숨을 겨우 쉬어댔다. 약 4일간 그런
생활을 하다 호흡기를 완전히 뗐을 때 너무나
기뻤다.

나는 4주가 되도록 씹는 음식을 먹는 것이
금지됐다. 방금도 말도 안 되는 맛의 미음과
영양음료로 식사를 마쳤다. 쌀밥을 먹을 수
있는 사람이 너무 그립다. 어제부터는 따뜻한
국수가 매우 당긴다. 먹으려면 한참 기다려야
한다는 것을 알면서….

화장실 사용도 최근에야 허락된 일이다.
그전에는 골반에 무리가 가서는 절대 안
돼서 침대도 20도 정도만 세워 둘 수 있었다.
화장실 사용이 허용되면서 소변줄도 뽑게
되었다. 그런데 소변줄이 방광에 소변이
고이길 놔두질 않아서 그런지 조금만 시간이
지나도, 조금만 마실 걸 마셔도 화장실이
너무 가고싶다. 그래도 화장실에서 볼일을
볼 수 있고 관장약도 안 하게 되어서 너무
기쁘다.

하품도 할 수 없었다. 애초에 나온 적이
없었다. 생존본능인지 뭔지 하품이 전혀
나오지 않았다. 지금이 되어서야 하품이
쉴만하면 나온다.

등받이 없이 앉는 것도 거의 불가능하다.
혼자서는 허리를 올리는 것도 불가능하고
엄마의 도움으로 앉게 되어도 단 1~2초
간이다. 더는 아프고 힘들어서 버틸 수 없다.
휠체어를 타고 내리는 것 때문에 앉아 있어야
해서 아주 잠시 맨 허리로 앉을 뿐이다.

서 있기는 더하다. 엄마가 안아서 일으켜
주셔야 겨우 2초 정도 서 있는데 정말
난생처음 걸음마를 하는 사람처럼 발을 겨우
디딘다. 이것도 휠체어를 탈 수 있게 되면서
할 수 있게 된 일이다. 재활 목적도 아니고

단지 이동 때문에 어쩔 수 없이 일어나야
하는 것이다.

간신히!

뭐든지 간신히 겨우 해낸다. 이불 걷기도
발로 간신히, 이불 덮기도 몇 손가락으로
간신히….

그런데 그런 것은 약과다. 얼마 전까지는
몸을 옆으로 누이는 것도 간호사님과 엄마가
하나, 둘, 셋하고 밀어줘야 간신히 옆을 볼 수
있었다. 수술이 끝날 때마다 거동도 간신히
해낸다. 고통 속에서는 손끝 하나 움직이는
것이 쉽지 않기 때문이다.

지금은 수술 부위인 오른쪽 눈을 간신히
뜬다. 왜인지 가끔 속눈썹이 들어간 것처럼
따가워서 눈을 뜰 수가 없다. 방금도
글쓰기를 멈추고 오른쪽 눈을 헤집다 왔다.

※ 실제 수술 부위

보면 몇 장 앞에서 말한 곳에 실들이 자글자글 한데, 그것 때문인가 싶다. 눈이 불편한 건 매우 불편하다. 안 그래도 훅 떨어진 삶의 질이 더 떨어져 내린다.

기본적인 것도 간신히 해결한다. 화장실에 갔다 오는 것이 그렇다. 소변줄을 빼낸 지 얼마 되지 않아 소변이 아주 자주 (방금은 35분 만에 신호가 왔다) 그리고 정말 급하게 마려운데, 화장실을 가려면 먼저 엄마가 휠체어를 가져오셔야 하고, 휠체어를 가져오시면 침대와 휠체어를 움직여서 침대 중간에 맞춰 놓으신 다음에, 침대를 접어 세워 나를 앉히고, 내 발을 땅에 디딜 수 있게끔 하신 다음에, 이게 제일 힘든데, 나를 서서 꼭 안아서 내가 서는 것을 몇초간 온 힘으로 받쳐준 다음에, 휠체어에 풀썩 앉고 자리를 정리한다. 아직 끝이 아니다.

그다음에는 침대 철봉에 달린 기계와 수액을 휠체어에 있는 철봉으로 옮기고, 드디어 화장실로 향할 차례다. 휠체어를 이리저리 운전해서 방향을 바꾸고 병실 안에 있는 화장실로 들어간다. 화장실에 물론 도착했다고 끝이 아니다.

또 방향을 돌려 변기와 최대한 가깝게 한 후, 다시 한번 꼭 안겨서 힘겹게 서 있는 경험을

한 후 변기에 떨어지듯 앉는다. 그러면 이제
드디어 볼일을 볼 수 있다. 그 후엔 또 똑같이
휠체어로 옮기고… 손 씻고…. 침대까지
간 다음에 고통스럽게 침대에 몸을 던지듯
올리고, 꾸물대며 자리를 잡고, 낙상 방지
가드를 올리고 다시 휠체어를 가져다 놓으면
드디어 끝이다.

 이렇게 힘든 탓에 물도 잘 안 마시려 한다.
그런데 아까 간호사님이 소변량이 너무
적다고 하셔서 이제 물을 마셔야 한다. 정말
힘겹다.

다음은 대변이다…. 나는 변비가 극심하다.
원래 다치기 전에도 정신과 약을 많이 먹어서
그런지 변비가 심해 약물을 먹고 해결해야
했는데, 입원 중에는 물이라고도 볼 수 있는
미음과 액체 영양제, 음료만 먹어서 대변이
생기기도 힘들다. 눕기만 가능했던 때는 누운
그 자리에서 관장부터 배설, 치우기까지
모두 해야 했다. 내일부터는 관장약을 넣고
웬만하면 화장실에서 해결하려 해야 한다.
그렇지 않으면 엄마가 또 더러움을 참고
치워주셔야 하니깐… 성공할 수 있을지는
내일이 되어봐야 알겠다.

그 내일이 왔고, 어쩌다 보니 소변을 보러
갔다가 대변보기에도 성공했다. 먹은 고체가

간신히!

거의 없어 아주 조금이었지만 관장약 없이
처방받은 변비약만으로 해결했다는 것이
너무 기뻤다.

사실 지금 계속해서 하는 타자치기도 고통을
무시해 내고 힘겹게 해내는 것이다. 노트북을
사용하려면 딱딱한 석고로 휘감긴 오른쪽
엄지 지문을 끄집어내서 잠금을 풀어야
한다. 이것만 하는데도 여러 번 시도해야
간신히 되어서 시간을 뺏긴다.

그렇게 해서 잠금을 풀면 이제 인디자인이든
메모장이든 켜서 글만 쓰면 되는데, 양팔에
손등을 다 덮는, 원기둥을 세로로 반 자른
모양으로 팔을 감싸고 있는 깁스를 한 채로
글을 써 내려간다. 모든 손가락을 다 쓸 수
없는 상황이니 집게손가락 정도를 가지고
하나하나 찾아가며 자판을 누른다. 그렇다고
휴대폰으로 타자 치기는 쉬우냐 하면 전혀
아니다. 한 손으로는 휴대폰이 시야에
들어오도록 손에 쥐어 높게 올려주고, 남은
한 손은 엄지를 사용할 수 없어 약지로 한
글자 한 글자 누르다 보니 익숙하지 않아
오타도 많고 그걸 고쳐내느라 손이랑 손목이
아프기도 매우 아프다. 그래서 자주 쉬어
주어야 견딜 수 있다.

후회와 당부

그런 짓을 해서 이렇게 누워있는 것이 정말
후회스럽다. 정말 죽는 건가? 하는 고통의
연속이었고 지금도 고통 속에서 살아간다.

평범한 일상을 빼앗겼다. 그것도 나 자신
때문에…. 평생 하나뿐인 치아를 바보같이
깨뜨렸다. 다시 자라지도 않는 소중한
치아를…. 미치게 후회된다. 평소에 거의
후회하지 않는데도 지금은 후회라는 감정이
마구 든다.

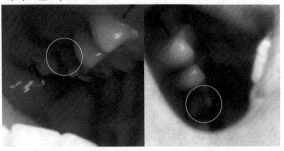

※ 실제 깨진 치아

이 책을 읽는 모두에게 당부한다. 자신의
몸을 해치는 모든 행위를 당장 멈춰라. 나도
내 허벅지의 수많은 칼자국이 이렇게 싫을 줄
몰랐다. 이 상처를 엄마께 이렇게 많이 보일
줄도 몰랐다. 나도 기억나지 않는 투신이 왜

그렇게 물 흐르듯 자연스럽게 이어졌는지
모르겠다.

스스로의 몸을 해치는 행위가 습관이 되기
전에 당장 멈춰라. 사소한 상처로 시작했는데
어느 순간 자기도 모르게 목숨을 위협한다.

죽으면 끝이라고 생각 마라. 자칫하면 죽는
게 차라리 나을 정도로 다칠 수도 있고,
몸의 일부 또는 거의 전체가 불구가 되어서
전보다도 못한 삶을 살지도 모르고, 뇌가
잘못되어서 평생 제정신이 아닌 상태로
살아가거나 식물인간으로 연명치료에만 돈을
부어대며 가족들의 상태도 최악으로 만들게
될 수도 있다.

나는 운이 좋아 누군가 빨리 신고해 주신
덕분에 차에 치이지는 않아서 죽음도 면했고,
불구가 된 곳도 없고, 뇌도 조금밖에 다치지
않아 뇌 수술도 면했다. 얼마나 아찔한 일을
겪었는가….

지금부터라도 나 같은 일을 겪는 이가 단
한 명도 없길 바란다. 나의 후회가 최대한
전해지길 간절히 바라고 있다. 핸드폰 충전기
꽂을 힘도 부족한 내 손을 기억해 주길
바란다.

팔에 든 빨간 멍들과 흉터

많고 많은 멍이 있지만 왼쪽 위팔 안쪽에
붉은 멍이 가장 크고 아프다. 아. 눈에 안
보이고 멍 통증만 있는 곳은 제외하고다. 그
멍은 계속 깁스에 눌려 고통스럽다. 사고
때문에 생긴 건지 수술 때문에 생긴 것인지
알지도 못한다.

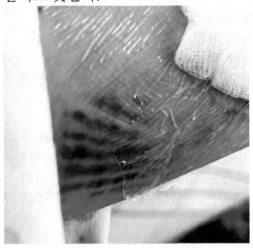

※ 실제 멍 사진

이 멍은 보면 볼수록 크게 다친 사람인 게
느껴진다. 겨우 꽂은 바늘까지 이어져 있어서
꽤 크다. 전신을 다친 티가 난다.

그 와중에 몇 년 전에 남긴 타투들이 깁스와
테이프 사이로 보이는 게 보기 좋았다.
(신상을 위해 모든 타투를 보여드릴 수는
없지만) 너네들은 내 곁을 떠나지 않는구나
싶었다. 언제까지나 나에게 붙어있길….

깁스에 가려진 멍들과 꿰매고 난 흔적이
나중에라도 사라져 주길 바란다. 몸 구석구석
심지어 얼굴에도 있는 흉터들은 평생 함께할
확률이 높지만, 조금의 존재감만 남기라도
바라며…. 오늘도 숨을 쉰다.

높은 곳에서 느끼는 공포

나는 원래도 높은 곳의 끝에서 아래를
내려다보는 것이 무서웠다. 그런데 바닥을 한
번 보지도 않고 떨어진 그날 이후로 더 높은
곳이 무서워졌다. 떨어지면 겪게 될 고통이
상상되고 느껴진다.

나중에는 아파트 층 중 아주 고층인 우리
집으로 돌아가야 하는데, 내가 잘 버틸 수
있을지 모르겠다. 나도 모르는 순간, 또 조절
안 되는 성격에 바닥으로 향하고 싶으면
어떡하지? 그런 상황은 절대 단 한 번도 오지
않길 바란다. 무너질 다짐이라 할지언정
마음을 꽉 채워 눌러 다짐하겠다.

그리고, 그런 상황이 오면, 꼭 창문이 아니라
부모님께 가서 털어놓겠다. 그러고는 도움을
요청하겠다. 나 좀 말려달라고, 정말 불효인
말한 것 알지만 더 불효를 저지르기 전에
막아 달라고. 부모님께서도 나를 잃느니
마음 찢어지는 말 듣는 게 나으실 것이라고
믿는다. 나를 누구보다 사랑해 주시기
때문에.

아마 한참은 원래도 별 관심 없던 놀이기구를

기피하겠지만, 시간이 매우 많이 흐른 후에는 놀이기구를 즐겁게 타길 바란다. 난 아직 어리니…! 나는 분명 많은 기회를 가진 생명일 것이다.

꿈

입원 전에는 악몽에 시달렸다. 그래서 꿈에서 깨면 다행이라고 생각했었는데, 지금은 반대다.

어떤 이상한 꿈을 꾸든 간에 현실이 훨씬 끔찍하다. 아무리 이상한 꿈이었어도, 적어도 꿈에선 사지 멀쩡한 인간이다. 이상한 목소리가 나오는 지금과는 달리 내 원래 목소리로 소통도 한다.

이제는 꿈에서 깨어나면 이게 현실임을 받아들이지 못하고 잠시 동안 꿈인가? 라고 생각한다. 아침엔 진통제 효과도 떨어지고 팔에 힘이 안 들어갈 만큼 통증이 있어서 더 최악이다.

이러면 밤이 됐을 때 잠에 들기 힘들 것 같지만, 매일 수면제를 처방받아서 제시간에 약을 먹으면 항상 비슷한 시간대에 기절하듯 잠든다. 수면제가 뭐로 만들어졌는지는 모른다. 졸피뎀은 아니라 하고, 잘 모르겠다.

일어난 지 세 시간이 다 되어간다. 화장실도 다녀오고, 아침도 먹고, 약 한 줌도 털어

넣고, 엑스레이도 두 번이나 찍었고, 한참
글 쓰다가 화장실도 한 번 더 갔다 왔는데
아직도 팔이 아프다. 글을 쓰면서도 팔을 좀
쉬어주어야 한다.

오후가 되면 턱도, 양팔도 많이 버틸
만 해진다. 그러나 지금 시간대는 한참
고생할 오전 10시다. 오늘 새벽 5시경에는
오른발등에 무슨 쓸만한 혈관이 있다고
거기서 피를 뽑아가셨다. 양팔이 박살 나면
이렇게 고생한다. 깁스를 뚫고 혈관을 찾을
수는 없으니 말이다.

4주차

오늘은 사고 난 날부터 딱 4주가 되는 날이다.
월 초였던 게 엊그제 같은데 말이다.

방금은 얼굴 수술 후 생긴 눈 밑 실밥을
풀었다. 좀 아팠지만 이제 눈에 피날 일은
없겠구나! 했다. 입안에 있는 실밥은 녹는
실이라고 한다. 실이 녹는다니 정말 의료
기술은 신기하다.

다만 잇몸에 있는 나사에 감긴 고무줄은
다음 주에나 풀 수 있다고 한다. 근데 나는
내일모레 이 병원에서 탈출한다. 구급차를
타고 또 와야 하는 건가?

오늘 안에 골반 실밥을 풀길 바란다. 그래야
한 달을 넘기면 씻는 게 가능할 것 같다. 퇴원
후 샤워가 내 얼마 안 되는 희망이다. 씻을
수만 있다면 여한이 없겠다.

정형외과 선생님을 만나서 골반 실밥을
풀러 가는 줄 알았는데, 아니어서 조금
실망했지만, 성형외과 선생님께서 눈 실밥을
풀어주셔서 기분이 좋다.

작가 본능 그리고 과거의 내 지위

병원 안에 갇혀서 정말이지 많은 양의 핵심이
되는 활자를 써냈다.

한 번 노트북에 손 대면 오기가 생기고
조금만 더… 조금만 더… 하는 마음에 쉽사리
작업을 끝내지 못한다.

엄마가 앉은자세로 버티던 나를 눕히시고
노트북을 치울 때면 아쉬운 마음이 먼저
들지만, 마음 한구석에서는 쉴 수 있겠다는
생각이 들기도 한다. 나도 지칠 대로
지쳤는데 멈추어 주셔서 감사한 마음도 있다.

메모장에 쓴 글을 옮겨 책 한 장 한 장을
채우는 과정에서 실수로 메모장에 있는 모든
페이지를 열어버렸다.

그래서 어쩔 수 없이 하나하나 꺼야만
했는데, 정말 미대 입시 시절 메모가 많았다.
중요한 게 뭐 그리 많은 지 몇 개의 창이 넘게
그림 얘기, 피드백 받은 내용, 그릴 때 신경 쓸
것, 살 재료들 내용투성이였다.

추억이 되살아나기는 했으나 그리 좋은

기억도 아니고, 성공한 경험도 한번
없고, 엄마도 미대 입시 이야기를 대놓고
싫어하셔서 혼자 조용하게 가차 없이 창을 다
정리했다.

작가 본능 그리고 과거의 내 지위

붕대 속 손

손바닥에서 때가 나오다니. 팔꿈치에서도
나온다. 하얀 때…. 테이프의 흔적이거나
약품의 흔적일 수도? 그랬으면 좋겠다….
물티슈로도 닦아봤지만, 없어질 생각조차
없어 보인다. 그런데 물 한 방울 없는
피부에서도 때가 나올 수 있나? 역시 이것은
때가 아닌 무언가일까.

몸을 다치면 이렇게 세세한 문제도 장난
아니게 많아진다. 그러니 항상 조심하고
자신을 해치는 일은 단 한 번도 있어선 안
된다. 조심해도 다치기 쉬운 사회에서 굳이
일부러 다칠 필요는 없다. 그 사실을 몰랐던
내가 바보였다.

그리고 다칠 상황에서 피할 수 있다면 당장
피하자. 또 하나의 사실, 그 누구도 당신을
아프게 할 자격이 없다. 명심!

나는 바보같이 지난달에 왼쪽 손목을 커터
칼도 아닌 뾰족한 공예용 칼로 난도질해서 온
바닥을 피 웅덩이로 만들어놨다. 아직도 깁스
사이로 칼자국이 선명하게 보인다. 다행히도?
손등 밑 팔등에 유리 조각으로 난도질 해놓은

자국은 많이 옅어져 있었다. 좀 심했었는데
정말 다행이다.

※ 실제 자해 흉터

이렇듯 자해는 무조건 후회를 부른다. 자해는
할 짓이 못 된다. 저지를 때 아픈 것뿐만
아니라 후처리도 힘들다. 아물기 전에 세균에
노출되면 염증이 생길 수도 있고, 딱지가
지어졌다고 해도 문제다. 이제는 상처가
가렵기 시작할 것이다. 가려움은 흉터로
변해도 사라지지 않는 경우도 있다. 그리고
이것은 의학적으로도 검증된 사실인데, 자해
흉터를 볼 때마다 그 당시 기억이 떠올라
뇌에 자극을 준다. 자해를 보통 손목에
하는 경우가 많은데, 그 자리는 눈에 매우
잘 띄고 숨기기도 어려워서 또 고생이다.
흉터를 지우는 시술도 있지만 내가 경험한
바로는 자해보다 몇 배는 아프고. 한 번 하는
것으로는 어림도 없으며, 금액도 세고, 너무

붕대 속 손

많이, 넓고 길게 한 경우는 시술로는 엄청난
금액이 청구된다고 직접 들었다.

위에서 말했듯이 자해는 한 순간부터 계속
고생이다. 그러니 이 책을 읽는 자해하는
사람들만이라도 자해를 평생 하지 않길
바란다.

외상 후 첫 퇴원

수술한 병원에서 내일모레면 퇴원한다.
원래는 퇴원 후에 재활병원으로 곧장 향할
예정이었지만, 뼈가 붙지 않으면 입원할 수
없다길래 급히 방법을 찾고 있다.

요양병원도 생각했다가 그럴 거면 휠체어를
대여해서 집에서 생활하는 것은 어떤가
했으나, 골반 수술을 해주신 의사 선생님을
만나 여쭤보니 그건 낙상 위험도 있고 해서
거의 불가능하다고 하셨다…. 절망스럽다.

그래서 엄마가 집 근처 병원도 알아보시고
여러 병원에 전화를 돌리시는 중이시다.
집에서 정말 가까운 병원이 있는데 그곳은
내일 다시 전화해야 한대서 못 갈 것 같다. 갈
수 있는 곳이 있긴 할까 싶다.

시간이 지나서 드디어 내일 퇴원이다. 이
병실에서는 마지막으로 정신과 선생님을
만났다. 오랜만의 상담은 살아서 회복해
주는 내 신체에 고마움을 느끼게 해주었다.
살아있어서 감사함을 느낀 건 인생 처음이다.
늘 삶이 고통의 연속이지만 그래도 살아있는
것이 엄청난 축복이라는 것을 이제서야 알게

되었다. 나는 아직 배울것이 많구나.

내일은 몸에 있는 마지막 실밥을 풀고,
구급차가 아닌 아빠의 차로 새 병원으로
이동하게 되었다. 구급차가 아니어도 될 것
같다는 허락을 의사 선생님께 받아냈다!
어쩌면 다음 주 주말에 열리는 북페어에
참여할 수 있을지도? 하는 행복한 망상에
빠지기도 했다. 물론 거의 불가능할 것이란
것도 알고 있다.

퇴원 당일이 왔다. 어제는 늦은 밤까지
노트북을 쓰다가 끌 새도 없이 잠들고 6시
반에 눈이 떠졌다. 어젯밤에 맞은 진통제
덕인지 아침인데도 팔이 그리 아프지 않았다.
지금은 오전 8시 20분. 이 병원에서 마지막인
아침도 먹고 화장실도 다녀오고 이제는 글도
쓰고 있다.

조금 뒤면 몸에 남은 모든 실밥을 뽑지
않을까 싶다. 있는지 느낌도 안 나는 오른손
실밥 두 개부터 존재감을 내뿜는 기다란 골반
실밥 두 개까지….

정신병원에서 퇴원은 많이 해봤지만,
그때의 기쁨과는 비교도 안 되게 기쁠
것이다. 이곳에서 얼마나 큰 고통을 몇
번이나 받았고 매일 얼마나 고생했던가!

외상 후 첫 퇴원

73

이제는 요양도 하고 재활도 하며, 없으면 안
될 진통제와 함께하겠지. 그리고 단 며칠
후면 머리도 감고 샤워도 하겠지! 정신과
선생님께서 말씀하신 걷기를 목표로 하라는
말을 받아들이고 목표에 가까워지고 있음을
느낀다.

병원비…

이제 정신을 좀 차렸으면 돈 걱정을 할
시간이다. 그런 짓을 저질렀으면 혼이 더
나봐야 정신 차리지? 이 정도 반성 가지고는
어림도 없다. 바로 병원비 청구로 혼낸다.

세 번의 수술과 셀 수 없는 횟수의 시술, 촬영
그리고 추가 진통제값과 수혈, 혈압약, 수액,
병원식 그리고 입원한 값까지…. 퇴원 하루?
이틀? 전에 확인한 병원비만 해도 **850만 원**이
넘었다. 퇴원 약이랑 퇴원 날 입원비도 포함
안 된 가격일 것 같다.

이것으로 끝이 아니다. 앞으로 입원할
병원비, 수술한 곳 외래 진료비, 정신과
진료비, 다 나을 때까지 먹을 약값….

이만큼 다치려 한다면, 천만 원이 있는지
확인부터 해라. 병원비 부족해서 진통제도
없이 수술도 못하고 버티고 싶지 않다면
말이다.

아. 치과 치료비는 별개다. 그리고 이것은
아무런 보험이 적용 안 된다.

내 몸에게 고맙다.

먼저 무식하게 충격을 주었지만, 신체 어느
곳 하나 평생 불구가 되지 않았다는 것에
미치게 고마움을 느낀다. 그리고 몸을 박살
낸 나를 용서하듯 회복해 줌에 고맙다.

손가락을 다치지 않아 글을 쓰고 읽고 사진을
찍고 볼 수 있음에 고맙다. 손가락마저 못
움직였다면 어떤 나날이었을지 상상도 하기
싫다.

수술할 때마다 견뎌주고 수술 후 마취에서
무사히 깨어나 줘서 고맙다. 긴 수술
끝에 얻은 죽을 듯한 통증에도 견딘 내가
대견하다.

방금 손에 있던 실밥 두 줄을 뽑는데, 의사
선생님께서 실밥 상처가 젊어서 그런지 너무
잘 아물었다고 하셨다. 젊음에 감사하다.
그 상처뿐만 아니라 온몸의 회복이 젊어서
빠르게 진행되는 것에 고맙다.

내 뇌도 신체 부위이니 감사를 표하겠다.
이제 우울감이 사라졌음에 고맙다. 이 미친
고통의 굴레에서 견뎌내 주어서 고맙다. 이

공간에서 느끼는 스트레스를 감내해 주어서
고맙다. 제일 고마운 것은 제 기능을 할 수
있도록 거의 다치지 않아 준 게 고맙고,
천만다행이다. 앞으로의 인생은 조울증과
경계선 인격장애에서 탈출하기를!

내 몸에게 고맙다.

극단적 부상이 만든 가라앉는 감정

부상 후, 성격이 연해졌다. 뚜렷한 내 성격,
정신병이 드러나지 않으려 했다. 한 달간은
아무런 화도 내지 않은 것 같다. 인생 중
신생아 시절 다음으로 가장 얌전히 지냈다.
밥 먹이면 먹고…. 신체 어디를 검사하고,
시술하고, 소독해도, 가만히 있었다. 하지
말라는 것은 안 하고, 하라는 것은 힘을
끌어모아서라도 했다.

뭐, 새 병원에서 내 담당 의사가 내 마음속
깊이 숨어든 화를 끄집어내기 전까지라도
말이다.

부상은 노래 취향도 많이 영향을 준다.
병실은 모두 다인실로 조용할 수 없으니,
이어폰을 종일 끼는데, 몇 년째 매일 잘만
듣던 노래들인데도 넘기게 되는 노래가 있다.

한도 끝도 없이 우울하거나 이별 노래 등등
가라앉는 노래는 기분을 더 처질 데도 없게
해서 넘기게 된다. 그런 이유로 넘긴 곡만
해도 여러 개다. 그렇게 잘 듣던 노래들을….

병실의 온도 격차

병실은 기본적으로 덥다. 그러나 조금만
문밖으로 나서면 춥다. 중간은 없다. 내가
입원한 두 병원이 동일했다. 그러나 예외로
정신병원의 온도는 중간이다. 어린 환자가
많아서인지, 거동이 문제가 없는 병이라
그런지는 잘 모르겠다.

새로 옮긴 병원은 더 심하다. 창문이 병실 벽
한 면에 줄지어 있고, 전 병원과는 다르게
창문을 여는 것이 가능하다. 게다가 내
자리는 창문 바로 옆이다. 열어두는 창문과
정신 차리니 끝난 여름 때문에, 한밤중
추위에 잠에서 깨곤 했다. 그러고는 낮이
되면 덥다. 뭐지 이 격차는? 그리고 비가
오다 말다 하는 날씨 탓에 열린 창문으로
찬 바람이 들어왔다가 말았다가 한다.
변덕스러운 온도에 이불을 걷었다가,
덮었다가 하기 바쁘다.

이래저래 병원 안은 고통 속이다. 참 오래도
버틴다 싶다.

머리카락, 드디어 간신히 부활하다.

오늘 10월 3일. 드디어 머리를 감다. 한 달 만에 두피에 물을 적셨다. 내 머리 상태는 더 심해지기 전인 것을 감안해도 이랬다.

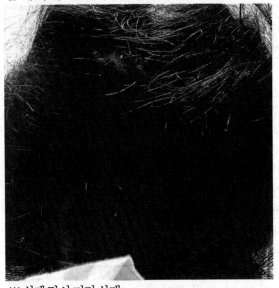

※ 실제 당시 머리 상태

트리트먼트 범벅을 몇 번씩 해서 머리를 조금이나마 풀었다. 그러고는 트리트먼트로도 모자라서 빗질을 이삼십 분은 했다. 불가능할 줄 알았던 머리카락 복구가 성공적으로 마무리되었다. 어제 치솟은 분노가 풀릴 정도로 기뻤다.

사람으로 돌아온 기분이다. 행색이 볼만
해졌다. 양 갈래일 때는 우스웠고, 머리끈을
끊어낸 후엔 양쪽으로 뭉친 머리카락이
나를 제정신 아닌 환자로 보이게 했다.
그 꼬락서니를 이제야 벗어났다. 원래
가르마를 잃었지만, 다시 정돈하면 다시
돌아올 것이다. 이제 샤워만 할 수 있으면
사람행세를 할 수 있다! 도파민 획득!

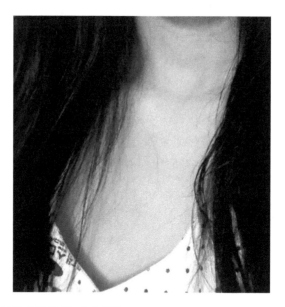

※ 실제 복구 후 머리카락

머리카락, 드디어 간신히 부활하다.

두 번째 퇴원

이 병원에 이틀 정도 있었다. 의사부터 모든
것이 마음에 들지 않는다. 그래서 되든 말든
집으로 무조건 돌아가겠다.

방금 퇴원 예정 시간을 정했다. 이 병원을
나갈 날이 왔다. 지금은 나갈 준비가 거의
끝나간다. 차를 탔고 얼마 지나지 않아 집에
도착했다.

한 달 만에 돌아온 집은 도파민 폭발을
일으켰다. 내방 침대 자체만으로도 천국인데,
반려견이 누운 내 옆에 올라와서 딱 붙어있지
뭔가? 천국의 천국이 따로 없었다.

투신 반대를 더 쓰려면 외래 진료 날까지
기다려야 쓸만한 일화가 나올 것 같다. 2주는
더 있어야겠구나.

첫 고독의 시간

병원 밖은 천국이다. 그리고 그 천국 중 가장
극락인 우리 집에 누워있다. 그리고 한 달
만에 홀로 집에 남겨졌다. 가능한 기분인지
의심까지 드는 이 편안함. 전생에 있던 일을
체험하는 것 같다.

혼자 이렇게 있으니 못 잘 것 같던 잠도
푹 잤다. 자고 일어나니 고통도 줄었다.
일상으로 돌아온 기분! 이제는 강아지도 없이
혼자 있거나 강아지랑 단둘이 있거나 하기도
한다. 평화롭다.

첫 샤워

이틀 뒤면 사고가 난 날부터 딱 한 달이 되는
날이다. 그리고 드디어 오늘 첫 샤워를 했다.
그전에는 거동을 못 해서 샤워를 못 했고,
그다음에는 수술 부위에 물이 닿으면 안
되어 샤워를 못 했다. 그래서 골반에 있는
실밥을 풀고 3일이 지난 오늘에서야 전신에
물을 끼얹을 수 있게 되었다. 상처에 오래
물이 닿으면 안 되지만, 샤워를 할 수 있는
것만으로도 행복이 가득 찼다.

아직 제대로 서거나 걸을 수도 없고 앉는
것만 좀 할 수 있다. 그래서 아픈 기간 동안
샤워를 할 수 있도록 의자까지 구매했다.
오직 샤워만을 위해. 급하게 빠른 배송
상품으로 의자를 주문하고, 의자가 도착한 날
바로 샤워했다.

씻기 위해서 양팔에 있는 깁스도 잠시
풀었다. 깁스 속은 평소에 가려워도 긁기
힘들어 불편했다. 그래서 깁스 속을 팔을
씻으니 정말 행복했다. 석고와 붕대로 감싸고
있는, 마지막 실밥이 남은 오른 손목은 못
씻었어도 충분히 만족했다.

온몸의 피부를 하도 소독해서 그런지, 병원에
박혀있어서 그런지, 영양 섭취를 못 해서
그런지, 전신 피부 상태가 엉망이 되었다.
그래서 전신 피부를 오랜만에 본 오늘.
발라본 적이 언젠지 기억도 안 날 바디로션을
사지에 발랐다. 샤워만 해도 극락 같은데
로션까지 바르니 극락 한 가운데였다.

한 달 만에 전신을 씻은 기분은 개운함에
휩싸여 죽을 것만 같은 기분이었다. 이렇게
시원하고 개운할 수가! 언젠가 혼자서 서
있는 상태로 오랜 시간 동안 물을 맞으며
느릿느릿 내 양손을 가지고 샤워를 하리라.

평소에 샤워를 아무 생각 없이, 아무런 불편
없이 한다면, 스스로에게 감사해야 하는
일이 하나 더 생기는 것이다. 평범한 일상에
감사하고 그 일상을 지켜내 주자. 이 글을
읽는 모든 이에게 하는 말이다.

다시 돌아간 병원

퇴원 후 첫 외래 진료다. 오늘은 가장
심하게 다친 골반 수술 집도의분을 만났다.
만나서 가끔 허벅지 피부부터 속근육까지
찢기듯 아팠다고 말했다. 감각이 있으니
괜찮다고 하셨다. 아... 그냥 이정도로 다치고
수술받았으면 그정도까지 아픈 거구나...했다.

그러고는 처음 다쳤을 때 뼈 사진을
보여주셨다. 그리고서는 "여기
부러지고"라는 말을 8번 하셨다. 전신 뼈가
아니라 골반 골절만 보고 얘기하신 것이다.

그리고 나는 마른체형이라 꼬리뼈나 나사가
있는 곳이 튀어 나왔다. 정말 보기 흉했다.

그후 이것 저것 회복 기간에 대해 질문을
드렸지만, 나는 어리고 회복이 빠른 편이라
독자들의 경각심을 위해 적지 않겠다.

내가 한 짓이 얼마나 위험한 짓이었냐면
의사 선생님께서 이렇게 다친 사람중에 마비,
대소변 문제가 생기는 환자가 '되게 되게'
많다고 하셨다. 덧붙여서, 나는 운이 정말
좋은 편이라고 하셨다.

평범한 삶에 대한 부러움

지금 나는 집에서 쉬며 재활 중이다. 이런 나날을 보내는 와중에 내가 느낀 감정이 있다. 바로 부러움이다. 사지 멀쩡한 남들이 너무 부러웠다.

평소와 같이 동영상을 보는데, 서 있는 사람들이 너무 부러워서 내가 좋아하는 옷 영상이었는데도 못 보겠더라. 친구들이 올리는 서 있는 사진도 너무 부러워서 보기 싫었다.

평범하고 당연히 여기는 그 몸들이, 그 사고회로가, 너무 부럽다. 어떻게 해야 나도 그런 평범한 삶을 살 수 있을까 하는 생각에 잠기곤 했다. 그리고는, 내가 불쌍하다는 생각과 함께 잠이 든다.

예행연습을 경계하라.

다시 투신 이야기로 돌아가 보자.

투신예행연습을 많이 했더랬다. 한강
대교부터 해서 25층 정도의 아파트 창문,
뒤져가며 힘들게 찾은 옥상 문이 열려 있는
상가 건물까지…. 덜 무서운 구조대원분들이
많은 물 위에서 시작했지만, 계속 신고당하자
이제 땅바닥 위로 올라가서 예행연습을
시작했다. 아파트는 너무 높고 무서우니
4~5층 높이의 상가 건물에서 난간 위에 발도
걸쳐보고 수없이 그런 짓을 하다 보니 일상에
스민 것이다.

그날도 그랬다. 육교 펜스 바깥쪽으로
넘어갔을 때도, 두 손을 놓기 직전까지도,
언제나 해왔던 예행연습 같았다. 일상이 된
바닥 내려다보기가, 단단한 쇠막대기를 잡던
그날들처럼 자연스럽고 스무스하게, 그날이
달랐던 건 딱 하나. 익숙한 쇠막대기를
손에서 놓은 것뿐.

일상적이면 안 되는 것이 일상이 되면 안
된다. 어제는 외출 후 돌아와 책상 앞에서
거울을 보는데, 그런 생각이 들었다. 나는

이제 서고 걷는 것도 조금 할 줄 아는데, 만약 집에 아무도 없고 나만 남는다면 내가 내방 창문을 열고 또 다시금 내 발로, 내 두 팔로, 난간을 넘어 뛰어내리지 않을까? 하는 생각이 들었고 무서웠다. 나는 이제 투신을 반대하는데, 내 뇌가 예행연습에 절여져 내가 원치 않는 짓을 할까 무서웠다. 실행하든 실패하든 이런 예행연습을 경계해라. 멈출 수 있을 때 당장 멈추기를.

예행연습을 경계하라.

회복 중간 점검

몸무게가 34kg이 되었다. 몇 kg이 빠진
것인지 적으려다 몸무게가 얼마나 나가는지
적어야 더 와닿을 것 같아 현 몸무게를
적는다. 한 달 동안 미음만 먹은 탓도 있지만,
근육이 정말 많이 빠진 것도 큰 이유다.

어깨 위에 쇄골뼈의 끝부분이 튀어나와 있는
것이 보이고, 갈비뼈가 다 드러나 보인다.
그냥 모든 뼈가 툭 튀어나와 있는 것이
보인다. 근육을 찢고 수술한 다음 제대로
밥도 못 먹었으니, 해골에 얇은 가죽을
덧씌운 모양새다. 거울이 보기 싫다.

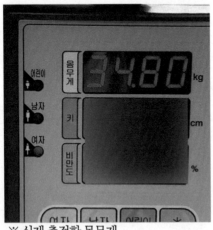

※ 실제 측정한 몸무게

치아는 깨져나간 지 두 달이 지났지만,
아직도 치료하지 못해서 딱딱하고 질긴
음식을 피하게 된다. 턱 수술 후 입 벌리기가
힘드니, 치과에 가도 제대로 치료할 수 없다.
깨진 이가 아파온다. 양치를 할 때도, 쫄깃한
음식을 먹을 때도.

드디어 걷게 되기는 하였으나, 근육이 다
빠지고 아직 회복 중인 뼈들은 나를 붙잡고
버틴다. 이상한 걸음걸이에, 저질 체력은 날
오래 걷게 두지 않는다.

하루 종일 차고 있던 깁스는 내 팔의 힘줄을
짧게 만들었다. 팔을 다 펴기도, 다 접기도
할 수 없게 되었다. 다친 손목은 글도, 그림도
그리기 힘들다. 젓가락질도 제대로 하질
못한다.

나는 이렇게 산다. 그냥 살아 숨 쉬는 것에
감사하면서도 이상하고 힘들게 사는 것이다.
언제까지일지는 몰라도, 언제부터인지는
안다. 내가 잘못 선택한 그날이 언제인지를.
그리고 그 사실 또한 안다. 그것은 잘못된
선택이었다는 것을. 그리고 불편한 손으로
타자를 친다. 최대한 빠르게, 단 한 명이라도,
나 같은 실수를 하지 않도록.

어떠한 투신도 반대한다.

투신 후의 후유증을 근거로 투신을 반대하고
있다. 그럼 즉사하는 투신은 허락하느냐?
어림도 없다.

나도 사고 전엔 죽을 수 있다면야 몇분
정도는 참을 수 있겠다고 생각하고 있었다.
그러나. 골반 수술 후 경험한 고통이 그
생각을 단번에 제정신으로 돌려놨다.
전신도 아니고 골반만 수술하고 나왔을
뿐인데 정말 죽기 전의 고통이 이 정도겠지?
라고, 생각할 정도로 고통밖에 없었다.

그런데 전신에 즉사할 만한 타박상을
입는다면? 정말 그것은… 절대 경험해서는 안
된다. 누구도 겪어서는 안 된다.

책에는 본인의 고통만을 적었지만, 안 될
이유는 고통만이 아니다. 떨어진 당신을
목격할 사람들, 정리할 사람들에게 죄를 짓는
것이며, 가족들에게 깊숙이 마음의 상처를 줄
것이다. 나는 부상만 당했는데도 부모님의
혼을 쏙 빼놓았다. 갑자기 걸려 온 전화에서
자식의 낙상사고를 알게 된 심정이 어떨까….
감히 상상도 되지 않는다.

고통의 등장 횟수

투신 후에 겪은 고통을 글로나마 표현했다.
그럼, 이 책에서 '고통'의 등장은 몇 번이나
될까? 아프다, 힘들다는 말을 제외해도 꽤 될
것이다. 이 통계는 조금이나마 투신의 고통을
보여줄 수 있을 것이다.

직접 세어보니 약 57번의 고통이 나온다.
이 작은 책에 그만큼의 고통이 담겨있다니.
많기도 하다….

그만큼 내가 고통스러웠다는 뜻이겠다. 이
숫자를 보고 투신이 주는 고통을 좀 알았기를
바란다.

이 숫자를 보고 투신을 포기하는 사람이 한
명이라도 있기를!

날 살려주신 모든 의료진분께

감사합니다. 정말 감사합니다. 사고 난 후에
저를 그대로 두었으면 엄청난 고통 속에서
죽어갔겠죠. 살려주셔서 감사하고 시간이
지날수록 나아짐에 감사합니다. 모두 (저를
스치기만 한 의료진분까지 합해) 여러분들
덕분입니다.

이 병원의 모든 의료진 덕분입니다. 덕분에
박살 난 뼈들이 제자리를 찾고 제때 약을
챙겨 먹을 수 있습니다. 수액도 항상
봐주시는 덕분에 정상적으로 공급받습니다.
촬영 때마다 침대를 옮겨주시고, 찍는
과정에서 거동이 힘든 저를 들어 도와주셔서
감사합니다. 물론 촬영해 주시는 모든 분께도
감사합니다. 중환자실에서 저를 담당하신
분들께도 감사합니다. 환자를 치료하는
것이 본분인데도 샴푸까지 담당해 주셔서
감동입니다.

우리 가족 중에서도 간호사가 한 명
있습니다. 처음 간호대에 입학했을 때는 저도
고3이라 몰랐는데 간호사로 취업하고 난 후엔
그 일이 얼마나 힘든지 알게 되었습니다.
그리고 입원 중인 지금. 그 직업이 얼마나

대단하고 가치 있는 직업인지 알게
되었습니다.

모든 의료진이 남의 일상을 돌려준 만큼
자신도 행복하길 바랍니다. 그리고 돈은
얼마나 벌든 부족하다고 생각합니다. 세상
사람들이 더 이상 다치지 말고 질병에서도
탈출하여 의료진이 조금만 일해도 되는 날이
오길 바랍니다.

투신 반대를 쓰고 난 후기

안녕하세요? 투신 반대의 글 작가 연희림
입니다. 병원 입원 중 여연경 작가님을
만나게 되어 책 출간 제안을 받고, 처음에는
제 투신이 주변인들에게 알려질까
걱정되었지만, 가명을 사용해도 된다고
하셔서 책을 출간할 결심을 하게 되었습니다.

아쉽게도 저는 신상 보호를 위해 직접
북페어에 참가하거나 하지는 못할 것
같고요. 대신 연경 작가님이 판매해
주시기로 하셨습니다. 직접 뵙지 못하는 점
죄송합니다!

그럼, 투신 반대에 대한 후기를 적어
보자면, 제 신상 보호를 위해 아주 조금
각색한 부분도 있지만, 솔직하게 글을 쓰려
노력했던 시간이었습니다. 저를 통해서
누군가의 투신을 막을 수 있다면 기꺼이 글을
쓰겠습니다.

세상에는 아픈 사람이 너무 많습니다. 그중
저와 같은 아픔을 가진 사람들이 저처럼 되지
않을 수만 있다면, 그렇다면 저는 아픔을
딛고, 인정할 수 있을 것입니다.

글솜씨가 없어 제 투신 반대를 지지해 주실지
모르겠지만, 솔직하게 글을 썼다는 사실은
변하지 않습니다.

저와 함께, 투신을 반대합시다.

글쓴이 연희림 씀

투신 반대를 옮긴이의 말

안녕하세요. 투신 반대를 옮긴 여연경 작가입니다. 몇 달 전 저도 큰 사고를 당했는데요. 그 후, 병원 신세를 꽤 지게 되면서, 연희림 작가님의 사연을 듣고 책을 내면 어떻겠냐고 제안을 드렸습니다. 흔쾌히 허락하셨고, 책을 제작하는 일은 제가 다 담당해 드리기로 하고 그렇게 투신 반대가 시작되었습니다.

제가 직접 출간했던 두 권의 책, 『다섯 번째 유서』와 『우울 파르페』를 읽어보셨다면, 혹은 지금 제목을 보시면 알 수 있듯이 저는 우울과 매우 가까운 사람입니다. 그래서 투신을 반대하는 연희림 작가님의 글을 널리 퍼뜨리고 싶은 마음도 있었습니다.

사람은 우울할 수 있는 존재입니다. 그리고 그 우울에서 탈출하지 못할 수도 있는 존재입니다. 그럼에도 불구하고 우리는 그곳에서 어떠한 결과를 만들어내서는 안 됩니다.

당신의 몸은 당신의 것입니다. 우울이나

분노, 슬픔 심지어 쾌락 또한, 당신을
지배하게 두지 마세요. 자아를 찾고
보존합시다.

글을 다듬고 옮기며 많은 생각이 들었습니다.
한 마디만 하자면, 제 책에도 있는 그 말을
하겠습니다.

**"자살이 나쁘다고 생각하지 않는다. 정신병이
나쁘다."**

다섯 번째 유서 中

그럼 좋은 글을 써주신 연희림 작가님께
감사드리며, 글을 마치겠습니다.

읽어주셔서 감사합니다.

옮긴이 여연경 씀

투신 반대

초판 1쇄 2024년 11월 22일

글쓴이   연희림

옮긴이   여연경

디자인   여연경

편집   여연경

표지   여연경

이메일   huilimyeon@gmail.com

인스타그램   @huilim_book

투신 반대
ⓒ 연희림

발행일 2025년 01월 01일
지은이 연희림

발행처 인디펍
발행인 민승원
출판등록 2019년 01월 28일 제2019-8호
전자우편 cs@indiepub.kr
대표전화 070-8848-8004
팩스 0303-3444-7982

정가 16,000원
ISBN 979-11-6756630-0 (03810)